THE URBANA FREE LIBRARY
W9-BBQ-357
DATE DUE
SEP 1 1 2003
JUL 1 9 2004
JAN 0 5 2005
OCT 2 4 2012
MAY 1 3 2008
OCT 1 0 2008
MAR 2 5 2012
DISCARDED BY THE
URBANA FREE LIBRARY
URBANA FREE LIBRARY
CHILDREN'S DEPARTMENT
(217) 367-4069

Pinta ratones

Ellen Stoll Walsh

Primera edición en inglés: 1989
Primera edición en español: 1992
Segunda reimpresión: 1995

Coordinador de la colección: Daniel Goldin
Traducción de Gerardo Cabello

Título original: *Mouse Paint*

Publicado por Harcourt Brace Jovanovich Publishers, San Diego
ISBN 0-15-256025-4

Carr. Picacho Ajusco 227; México, 14200, D.F.
ISBN 968-16-3768-2

Impreso en Colombia. Panamericana, Formas e Impresos, S.A.
Calle 65, núm. 94-72, Santafé de Bogotá, Colombia
Tiraje 5 000 ejemplares

Para mi mamá.

NELL ORUM STOLL JONES

Había una vez tres ratones blancos sobre
una blanca hoja de papel.

Tan blanca era la hoja y tan blancos los ratones,
que el gato no los distinguía.

Un día, mientras el gato dormía, los ratones
vieron tres frascos de pintura:

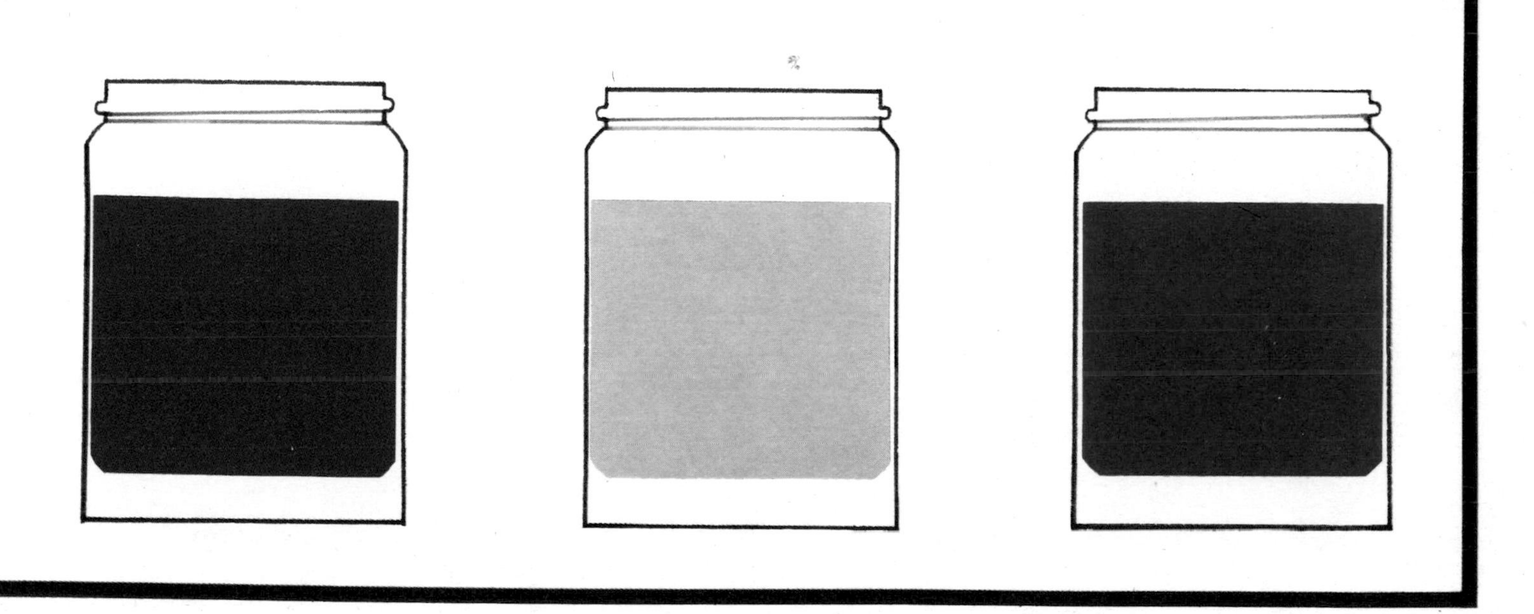

uno de roja, otro de amarilla y otro de azul.

Pensaron que era **pinta ratones**, y de un salto se zambulleron en los frascos.

Entonces un ratón se volvió rojo, otro amarillo
y otro azul.

Chorreaban pintura y formaron charcos sobre el papel.

Los charcos parecían divertidos.

El ratón rojo se metió en el charco amarillo
e inició un bailecito.

Sus rojas patas revolvieron el charco amarillo
hasta que…

—¡Miren! —gritó.

—¡Patas rojas en un charco amarillo forman el anaranjado!

El ratón amarillo brincó al charco azul.

Sus patas mezclaron y revolvieron y revolvieron y mezclaron hasta que…

—Miren eso —dijeron el ratón rojo y el azul.

—Patas amarillas en un charco azul forman el verde.

Entonces el ratón azul saltó al charco rojo.

Chapoteó y mezcló y bailó hasta que…

—¡Morado! —exclamaron todos.

—¡Patas azules en un charco rojo forman el morado!

Pero la pintura de su pelaje se volvió pegajosa y tiesa.

De modo que se lavaron para recobrar su bonito y tierno color blanco

y, en cambio, pintaron la hoja de papel. Una parte
la pintaron de rojo,

otra de amarillo

y otra de azul.

Combinaron rojo y amarillo para pintar una parte
de anaranjado,

amarillo y azul para pintar otra de verde,

y azul y rojo para pintar otra de morado.

Pero dejaron blanca una parte para ocultarse del gato.